제주 은갈치가 왔습니다

시작시인선 0419 제주 은갈치가 왔습니다

1판 1쇄 펴낸날 2022년 4월 20일
지은이 정혜돈
펴낸이 이재무
책임편집 박찬세
편집디자인 민성돈, 장덕진
펴낸곳 (주)천년의시작
등록번호 제301-2012-033호
등록일자 2006년 1월 10일
주소 (03132) 서울시 종로구 삼일대로32길 36 운현신화타워 502호
전화 02-723-8668
팩스 02-723-8630
블로그 blog.naver.com/poemsijak
이메일 poemsijak@hanmail.net

ⓒ정혜돈, 2022, printed in Seoul, Korea

ISBN 978-89-6021-625-9 04810
      978-89-6021-069-1 04810(세트)

값 10,000원

제주 은갈치가 왔습니다

정혜돈

천년의 시작

시인의 말

종심소욕從心所欲의 나이를 넘고 있다.
돌아가는 팽이를 지켜보듯 숱한 생生을 물끄러미 들여다본다.

개울물 사금파리처럼 깨진 아픔이 있었고,
담벼락을 타다가 늘어진 호박처럼 시린 좌절도 겪었다.
뒤늦게 10여 년은 건강을 잃어 몸과 마음이 아릿거린 적도
있었다.
일상은 늘 곪은 종기처럼 아렸다.
하지만 시詩에 대한 잉걸불 같은 심장의 고동은 맥놀이처럼
울려 나왔다.

어느덧 소소리바람은 사라지고 명지바람이 불어온다.
메마른 나뭇가지들이 한기를 이겨 내고 연둣빛 망울을 달
고 나온다.

알알이 박힌 석류알처럼 옹골차게 시詩의 꽃을 피워 내야지.
내 몸속에서 끓는 보일러의 화력이 시들까 걱정이다.

차 례

시인의 말

제2부 섬은 맛있다

9

제1부 눈뜨라는 죽비 소리

귀향

추석 전날 밤,
남산에서 화산이 폭발했다
거대한 용암이 사방으로 분출한다
서울에서 부산, 목포, 강릉, 안동까지
고속도로로 밤새도록 흘러간다
새벽이 되어서야 용암이 멈춘다
사람들은 각자 고향으로 대피하고
서울은 분화구같이 텅텅 비어 있다

미처 대피하지 못한 외국인 근로자들
식어 가는 용암에 냄비를 얹어 놓고
라면을 끓여 먹고 있다

제주 은갈치가 왔습니다

챙이 넓은 모자를 깊이 눌러쓰고
싱싱한 바다를 파는 남자
"바다가 왔어요. 제주 은갈치가 인사드립니다."
골목이 자지러진다
최저 임금을 날려도
근로시간을 넘겨도
초과근무 수당이 없어도
부활의 꿈이 은빛처럼 햇빛에 빛난다

비릿한 폭염을 붙들고
팔리기를 기다리던 생갈치의 눈빛이 흐려지고
마지막 호흡을 아가미에 끔벅끔벅 숨기자
파도처럼 뛰는 사내의 심장

관 같은 나무 상자 안에서 은갈치의
바다만 한 죽은 삶이 유통기한을 넘기고 있다
죽어서도 오직 부패와 전쟁을 한다

저 마지막 생生을 차마 떨이로 넘길 수 없다는 듯
오기에 찬 짜부러진 목소리가

씹다 뱉은 껌 같은 바겐세일을 외쳐 대지만
마냥 잦아드는 한숨만 어깨 위로 뉘엿뉘엿 해체된다

사내의 마지막 울음 조각이
녹다 남은 얼음 알갱이 속으로 파고들고
갈치의 피부엔 소금꽃이 피부병처럼 번져 가는데
목숨처럼 질긴 고래 심줄 같은 허기를 움켜쥔 채
땅거미 깔린 노량진 언덕 골목을 누빈다

끝내 바다는 사내를 해고하지 않는다

솟대

성불成佛하기 전에는
날지 않겠다고
마른 나뭇가지에 앉아
그저
서역만리 쪽만 바라보고 있다

질경이

몸속 깊숙이 죽비를 친다
길을 나서는 수행자
등창이 나도록 자전거 바퀴에 치이고
소발에 짓밟혀 찢기고 무릎뼈가 드러나도록 깨져 가면서
죽는 것이 사는 모진 길
목이 말라 시들면 풍찬노숙風餐露宿
제 상처 핥아 먹고 정신 차리고 다시 느리게 간다
자벌레처럼 낮게 엎드려 이마를 땅에 대고 온몸으로
오체투지 삼보일배를 하면서
발아래 구름을 밟고 하늘 냄새를 맡는다
라싸의 조캉사원을 찾아가는 차마고도의 순례자처럼
벌써 하늘까지 닿았으련만
해탈의 기쁨 환청처럼 터득했는지
천 년의 세월도 하루같이 깊고 맑은 눈빛
간절한 마음
눈뜨라는 소리에
꽃눈 터트리며 간다

연꽃차

목이 잘려
지옥의 고통을 참아 왔다
뜨거운 불판 위에서
그런데, 펄펄 끓는 물속에서 꽃을 피우고도
향기를 잃지 않는다

염화미소拈花微笑를 지은 까닭을
묻지 않아도
뜨거운 입술과 은밀히 내통하더니
온몸으로 응답한다

고압선

내 속살을 태워
눈물방울 같은 알전구에 빛을 보낸다
어두운 네 책상을 밝히느라
옹— 하고 시린 뼈로 울었나 보다

누굴 위해 뼈저리게 울어 본 적 없었는데
마냥 부끄럽구나

반가사유상

버려야 할 선물 포장지처럼
생각은 빠져나가고
껍데기만 남은 몸뚱어리
마디마디 사지 육신이 해체되어
폐차장에 돌려줄 렌터카 같다

천 년 세월 부려 먹었으니
절로 고장 나고 녹슬어 사그라질
고철 덩어리

어느 용광로 지옥 불에 뛰어들어
범종 소리로 다시 태어나
중생을 구제하겠다고
턱을 괴고 기다리고 있다

월급날

질펀한 소주잔
닭똥집 붉은 육즙으로
한 달의 노동을 떨쳐 낸다
해롱해롱한 통닭 한 마리
부정夫情과 부정父情으로 포장한다
꺾어진 날개로 홰를 치며
새벽을 깨우고
한 손에는 처자식 준다고
목 잘린 울대를 치켜세우며
목이 쉰 초인종을 울리고 있다

금강경

부처님은 절대 물에 빠져 허우적거리지 않는다
늘 연꽃 구명 방석을 입고 있기 때문이다

비빔밥

콩나물, 시금치, 고사리, 무, 보리밥, 참기름이
둥근 놋그릇에 모여 있다
입 다물고 서로 경계의 눈초리로 살핀다
빨간 완장을 두른 다른 종족이 낯설게 끼어든다
벌겋게 충혈된 눈빛
감시의 눈초리가 식욕을 돋구는 무게만큼 매섭다
남을 향해 의심부터 먼저 하는
사람의 마음을 해독한 얼굴이다
그동안 왼쪽으로 기울어진 사람을
붉게 물든 빨갱이라고 분노하는
내 모습이라고 생각된다
좌빨도 우빨도 아닌 화합을 위해
골고루 섞어 비빈다
단맛, 쓴맛, 신맛, 매운맛 고루 갖춘
빨갱이 비빔밥
오래 씹을수록 더 맛있다

염장이 노인

저승의 터미널 입구 영안실
갯벌에 몸을 뉜 폐선처럼 염습대 위에 누워 있다
알코올 냄새를 음미하며 외로운 누굴 기다리는 듯
텅 빈 천장을 바라보고 있다

유족의 눈물이 망자의 귀를 젖게 한다
노인은 죽은 자의 관상을 보듯 꼼꼼히 살핀 후
겸허한 눈빛으로 삶이 어떠했는지 금방 알아차리고
허물을 벗겨 허공에 행군다
수심에 가득 찬 그의 가슴에 성호를 긋고 영혼을 할례한다
욕망, 분노, 어리석음, 송장 냄새, 잔인한 성욕까지
깨끗이 닦은 후 삼베 수의를 갈아입힌다
얼굴에 뽀얀 분을 바르고 화장을 마치자
나라연那羅延 금강역사처럼 다문 입에서 훔~ 하는 소리
이승의 끝이다

보현보살의 화신化身 같은 노인을 바라보고 있던 망자
한순간에 도솔천궁兜率天宮을 다녀온 듯
모든 것을 내려놓고 깊은 명상에 든다
저 고요한 잠을 깨우지 말라는 듯

쉬쉬, 슬피 우는 유족을 향하여 손가락을 입에 대고
수신호를 보낸다

"천국은 있는 겁니까?"라고 묻는 노인
"지금 망자의 하늘 문을 환하게 열어 놓았는데요."
라고 답하는 천도 스님
선지식을 만난 듯 스님, 그저 묵례 삼배만 올린다

운주사雲住寺

운주사*에 가면
부처님이 누워서 설법한다

부처님 눈동자에는 서역만리
깊은 강물이 흐르고 말씀들은
구름처럼 평화롭다

생각 없는 귀로 듣고
보이지 않는 눈으로 보라고

팔만대장경을 실은 배들이
구름을 타고
운주사를 배회한다

* 운주사: 전남 화순군 천불산 자락에 있는 송광사의 말사.

석수장이

돌 속에 부처가 산다
부처가 걸어 나오도록
돌문을 두드려 여는
열쇠공

울음명상센터

물은 소리로 길을 낸다는 최태랑 시인이
사람은 울음으로 길을 낸다며
노래방 맞은편에 울음방을 차려
재미를 톡톡히 봤다
욕심이 생겨 바로 옆에 울음명상센터를 새로 개업했다

외상은 사절
마트에서 쇼핑할 때처럼
1차로 울음방을 거치지 않는 손님은 거절한다

울음도 생각을 한다
생명력의 부활
울음 주머니에서 흘린 수많은 생의 울음에서 벗어나는 것
반가사유상도 이곳에 자주 온다

마음 저 깊은 곳에서 우러나오는
자신도 인식하지 못하던 울음
화두 참구하듯 온몸 바스러뜨리는 울음 그 자체가 되도록
티끌의 분별도 섞이지 않게
생각의 버튼을 눌러야 한다

＞
울음의 혼이 몽땅 빠져나간
눈물로 몽땅 쓸어 가 버린
업보가 다 지워진
매미의 허물들이
어깨동무하고 휘파람 불며 문을 나선다
울음방 네온사인이 피눈물 쏟으며 흐느끼고 있다

조장鳥葬

해발 4,200미터, 하늘이 가까운
티베트 라롱마을 천장터
고인이 운동회 만국기 같은 타르초 깃발 아래
벗은 옷 슬쩍 걸쳐 놓고 검은 바위 도마에
하늘을 베고 누워 있다
시퍼런 도끼날 위에 번쩍이는 핏빛 냄새를 맡고
흰대머리독수리 떼들이 삐잇 비명을 지른다
두려운 기색 하나 없다

등뼈 하나를 들고 여럿이 물어뜯는 독수리들
감자탕 먹는 사람 같다
하늘과 만물의 영혼이 만나는 곳
죽은 나무토막 같은 팔다리 몸통은 모이로 되살아
독수리의 피와 살이 되고
쏟아져 나온 피는 땅속 이리저리 스며들어
뿌리들은 목을 축이겠지

그의 유해는 곧장 승천한다
살아생전 해탈한 몸인 듯
독수리 똥이 되어 수만 리 날아가

어느 이름 모를 들꽃으로 피어나리

언젠가 나도 가면 무엇이 남을 건가
되새김질해야 할 영혼
어느 횟집에 갔을 때
도마 위에서 펄떡거리던 방어 한 마리처럼
번민, 욕망, 분노의 껍질을 벗긴다

수미산須彌山을 맴돌고 있는 독수리
무명無明의 하늘에
커다란 내 몸뚱어리가 날고 있다

욕쟁이 할머니 보리밥집

입 안에서 깊게 오물거리는, 새우젓국 향내
어머니 손맛이
손끝에서 입으로 아려 온다.

남에게 필요한 존재가 되려면
새우처럼 자신의 육신을 스스로 던질 줄도 알아야 할 일
새우젓처럼 염장을 질러도
잘 삭혀 받아들일 줄 알아야 할 일

새우젓으로 담근 강화 순무김치
곰삭은 인생이다.
쓴맛, 단맛, 짠맛, 신맛, 매운맛으로
살아서 다 보여 준다.

노을 반찬

왜가리가 소나무 가지에 걸린
달을 쪼아 먹고
손톱만 한 달을 남겨 놓았습니다

큰 마을
홀로 사는 할머니 댁
빠알간 양철 지붕에서
밥 짓는 연기가 피어오릅니다

밥상에 오를
노을 반찬이
부드럽고 따뜻한
식사를 기다리고 있습니다

할머니 틀니가
참 편안하겠습니다

처가살이

한라산은 오름을 낳고
오름은 성산일출봉을 낳고
성산일출봉은 해녀를 낳았다

그런 제주도에 가서 우도 해녀와 결혼하여
검고 큰 소 한 마리 낳아 기르며
성산일출봉 모시고 오름과 한라산 곁에서
알콩달콩 살고 싶다

섬마을

오두막집 같은
안마당 평상에 누워
하루 종일 갯벌의 적막만 바라보았다

칠게한테 마음을 들켰다

적멸寂滅의 하루였다

제2부 섬은 맛있다

섬은 맛있다

간을 맞춘 바닷물에
섬을 넣고 햇볕으로 끓인다
섬이 야들야들하게 익는다

갈매기들이 날아와 맛있게 섬을
조금씩 쪼아 먹는다

섬 바람이 불면
갈매기 똥에서는 섬 냄새가 난다
저 건너 밤섬에서 밤을 뒤적이고 있는
햇볕, 고구마섬을 바라보고 있다
배가 고픈가 보다

갈매기가 먹다 남은 섬

월식

달이 개펄에 빠져 허우적거린다 뻘 속으로 들어간 달은 단단한 게딱지를 젖히고 수많은 달알을 밀어 넣는다 짱뚱어와 말뚝망둑어를 몰고 와 펄쩍펄쩍 뛴다 팔뚝만 한 숭어도 논다 새우도 따라와 물놀이를 하고 있다 갈대꽃이 몸을 젖버듬히 젖히자 청둥오리가 후드득 날아오른다 그 뒤를 물안개가 꼬리를 풀며 유유히 빠져나간다 빨간 칠면조 밭에 옆구리로 누운 폐선의 그림자가 느릿느릿 기지개를 켠다 그 사이 칠게, 갈게, 농게, 방게들이 득달같이 달려들어 달을 파먹는다 벌겋게 핏물 밴 개펄, 비린 달의 피 냄새가 질펀하다 주먹 대장 농게가 자신의 몸보다 큰 집게 손에 피 묻은 달의 뼛조각을 높이 쳐들고 환호성을 지른다 하늘에 비친 피범벅이 된 붉은 달, 살점이 뜯긴 핏자국이 선명하다 사람들은 언덕 위에 모여서 달의 장례식을 치르고 있다 구름으로 장식된 무표정한 달의 영정 사진을 허공에 걸어 두고, 달이 휘저은 커다란 웅덩이에 달알을 낳는 게의 고통이 비친다 잠시 후 게가 낳은 여린 달이 새살을 키우느라 떼쓰며 울고 있다

만찬

동검도 갯벌에 노을이 내리면
게들이 일제히 일어나
혁명 전사들처럼 엄지발 세우고
불콰한 노을을 잘라 먹는다

찬란하고 거룩한 생계다

석모도*

하늘이 온통 붉게 너울거린다
보문사 노스님의 다비 불꽃인가
낮과 밤의 경계를
장엄하게 넘나들고 있는
노을

이윽고 장작불이 사그라들 때
다이아몬드처럼 반짝이는 사리舍利들

* 석모도: 인천광역시 강화군 삼산면에 있는 섬.

길상댁

멀리 소나무 아래 횟집
참소주가 갯벌을 바라보며 바지락 안주를 기다리고 있다
숭어 잡던 삭은 달과 함께 갯바위 아래에서
바지락을 캔다
바지락 껍질이 패총처럼 쌓일 때마다
손톱은 무디어지고 손등은 사포처럼 터 있다
갯벌에 우뚝 서서
말뚝이 된 남편을 붙들고 허리를 펼 때면
갯벌은 어찌 그리도 질척대는지
시리고 아픈 발목을 놓아주지 않는다
바구니에 반도 채우지 못한 바지락
온 삭신이 쑤시고 저려 와 끝내 내뱉는 한숨
아홉 굽이를 넘는 고통을 참고 온 지 오래다
이 영감아, 왜 나 홀로 이 뻘밭에 내팽개쳐 버렸수?
저승에 두고 온 애인이라도 있었나?

갯고랑 넘어 검은 모래톱을 뒤집어쓴 바지락이
까맣게 무리 지어 따라 운다

갯내음

창문을 여니
갑자기 콧구멍이 간지럽다
콩게가 제집인 줄 알고
콧구멍 털을
만지작거리고 있다

몽돌

파도가
거친 자갈을 물고 굴리며 간다
험한 절벽 끝을 향해
우글거리는 입 안에 숨긴 아픈 기억
찢어지고 접힌 언어의 조각들
무한히 깎이고 함몰된 비명들까지
쓰러진 포말처럼 해안에 싸르르 토해 낸다

입이 있어도
오래 지워지지 않는 마모된 상처
끝내 꺼내지 않으신
어머니의 세월
혓바닥같이 납작하고 매끈한 침묵이
수평선 아득히 바라보고 있다

갯지렁이 잡는 노인

울대 안의 침묵을 갯고랑 웅덩이에 몰래 감춘
뒷대 양철지붕집 김 노인

사업하다 부도 맞아 외항선 타고 바다에 주저앉은 외아들
다시 일으켜 세우는 등 굽은 허리
코끝에 닿은 질퍽한 뻘을 일으켜 세운다
돈 냄새보다 진한 물 비린 내음
뻘 물이 밴 삶 얼마나 짜디짤까

발끝으로 뻘 속 깊이를 재서 무릎을 욱여넣고
기어서 한평생 살아온 노인
등뼈가 굽어 가는 줄 모르는 슬픈 가장이건만
한결같이 진양조 설움 같은 건 찾아볼 수 없다
등짝에 내리쬐는 한여름 마른 땡볕
아리고 매운 홍어 맛처럼 후끈거려도
그늘 없이 곰삭힌다

허리를 펼 때면
정수사의 범종 소리 물고랑 따라 흐르고
문득, 말랑말랑한 갯지렁이처럼 토막을 내도 다시 돋아나는

가슴에서 내려놓지 못한 한恨
뻘 물에 씻어 내고 소금꽃 피운 맑은 노역처럼
누릴 수 있을까

저 등 굽은 말씀을 듣는 한나절
갯고랑 건너 저 멀리 시장기에 젖은 여름 철새 몇 마리
바지락을 캐고 있다

갯고랑과 마누라

갯벌 체험을 한다고
맨발로 개펄에 발을 드미는 순간
발꼬랑내 난다고 코를 싸잡는다
그래도 꼬랑내를 씻어 준다
부드럽고 매끈한 일생을 살아온 개펄

집에 와 양말을 벗는 순간
꼬랑내 난다고 아내가 코를 싸잡는다
포근하고 따뜻한 평생을 함께한 마누라
땀을 닦고 꼬랑내를 씻긴다

개울물 소리로 등목을 해 주는
개펄의 역사만큼이나 온화한 목화꽃 같은
저 갯고랑과 내 마누라

채석강

격포 채석강에는
시집 만 권이 절벽에 꽂혀 있다

바다는
스르륵스르륵
책장을 넘기며
시를 낭송한다

소라, 갈매기, 구름, 바람이랑
나그네도 그곳에 가면
다 시인이 된다

석화

가을 모과처럼 피었다
수두와 싸우다 생긴 다부진 흉터들
닮은 놈 하나 없다

거센 파도에도
꺾이지 않는
저마다 다른 고집이고 삶이다

인생의 물결이 들락날락거린다
산전수전 다 겪었단다

겨울을 기다려
피워 낸
구겨진 중년들의 꽃이다

검문

동검도에서는
새도 바람도 구름도 강물도
잠시 멈추어
검문을 받는다

구름 속에 숨겨 오는 모래바람도
새털 깃에 묻혀 오는 바이러스도
비린내 나는 한강 물도
갯벌 구치소에 들어가면
알래스카 빙하가 된다

파도

수평선 너머에는 궁금한 바다의 욕망이 산다
산에 두고 온
이슬 맺히는 소리, 샘물 솟는 소리, 계곡 물소리,
폭포 소리가 그리워
모래를 쓸기도 하고
자갈을 굴리기도 하고
바위에 치닫기도 하고

참을 수 없으면 성난 사자처럼
포효하다가
절벽을 기어오르며 쥐어뜯는다

그러다가
바람이 달려와 엄마처럼 토닥토닥거리면
바다로 되돌아
수평선 쪽으로 몸을 눕히고
흰 돛배를 띄운다

고독의 맛

섬은 한적하고 쓸쓸한 곳에서만 산다
그래서 섬은 더욱 고독하다
고독 속에 부르는 섬의 노래
쏴아~ 바글바글
몽돌과 함께 해변을 핥는 파도의 노래
자글자글 차르르르르
그 노랫소리가 좋아
나는 섬을 찾아간다

몽돌 해변을 걷다가
섬과 함께 고독을 먹는다
섬은 아이스크림 먹듯
노래 부르며 즐겨 먹고
나는 자근자근 씹는다

싸늘한 고독의 맛
가장 쓰면서 맛있다

거문도 사람들

거문도 여객터미널 앞
횟집 모퉁이를 돌면
바람들만 다니시는
바람길이 있다
골목이 끝나는
하얀 집 모퉁이를 돌면
하느님들만 다니는
하늘담길이 있다

하늘 바람과 함께 사는
거문도 사람들은
모두가 다 하느님이시다

후리질

기러기 떼가
갑자기
동검도 앞바다에
몰래 와
후릿그물을 친다

끼룩끼룩 힘을 돋우고
끼룩끼룩 힘을 모으고
여린 부리로 양쪽 그물을
팽팽하게 잡아당긴다
그물코가 찢어질 듯

끝에서 끌던 어린 기러기, 그만
힘에 부쳐 줄을 놓친다
후릿줄이 툭 끊어지고
섭장에 갇혔던 고기 떼들
동검도 갯벌에 와르르 쏟아진다

황새가 잽싸게 주워 먹고 있다

문자메시지

　엄마 몰래 보낸다. 가인아, 학원 가지 말고 선생님 말씀보다 더 즐겁고 신이 나는, 풀여치 파란 날갯짓 소리가 듣고 싶지? 고요가 불타는 반딧불 나라에 와 보렴. 무지갯빛 가슴에 안겨 전설을 듣고 할머니가 들려줄 도깨비 나라 이야기를 들어 보렴. 밤에는 네가 좋아하는 별사탕이 쏟아지는 곳. 깔깔대며 마음껏 연 날리는 동검도에 와 보렴.

우도牛島[*]

우도에는 소가 없다
커다란 검은 소 한 마리가
다 잡아먹었단다

그 검은 소를 잡으러
우도에 갔다 그런데
이미 억척같은 어머니들이
그 큰 소를 잡아먹고 없었다 그저
섬 언덕 군데군데에 검은 얼룩이 진
푸른 밭만 보였다

어머니들이 낳아 기른 밭두덩
돌아누운 그 밭에서 소 울음소리만
밤새도록 듣고 왔다
숨비 소리 같은

* 우도牛島: 제주시 우도면에 있는 섬.

함초꽃 정원

서울에서 화초 한 뿌리도
심을 땅 없다고 불만이었는데
동검도에선
수만 평 함초꽃 정원이
대문 열고 들어오네
파스텔 물감으로 화장을 한
미인 군단들
무릎 위에서 얼굴 붉히네

초막 정자만 한 동검도가
막걸리를 마시고
정원 귀퉁이에서 졸고 있네

제3부 어머니의 손등 같은 까칠한 나뭇잎

천안 호두과자

아버지는 후두암으로 돌아가셨습니다. 말기 암 선고가 떨어진 날부터 매주 아버지를 뵈러 갔습니다. 천안에서 용산행 기차를 타고 또 지하철로 갈아타고 마지막에는 버스로 집에 도착했습니다. 아버지가 좋아하시는 천안 호두과자는 꼭 챙겼습니다. 미음도 제대로 넘길 수 없는 상태였는데도 호두과자만큼은 정말 맛있게 드셨습니다.

오늘은 아버지 첫 기일입니다. 제사상에도 올릴 겸 여느 때처럼 호두과자를 샀습니다. 그런데 가게에서 먹어 보라고 주는 호두과자 하나를 입에 넣는 순간, 목이 막혔습니다. 아버지는 어떻게 이 큰 호두과자를 맛있다고 몽땅 드셨을까? 갑자기 머리가 띵했습니다. 맛있는 호두과자가 오히려 나를 삼키고 있었습니다. 하도 납득이 안 가 급히 어머니께 전화를 했습니다.

"네가 사다 준 그 호두과자 내가 다 먹었다. 아버지는 네가 보고 싶을 때마다 맛있다는 핑계로 호두과자를 사 오라 하셨다."

말문이 막혔습니다. 아버지는 나를 목에 달고 돌아가셨습니다. 전화를 끊고 목을 만졌습니다. 내 목에서 호두과자처럼 생긴 동그란 아버지가 생전처럼 내 이름을 부르고 계십니다. 아버지 제사상에 명치에 걸려 있던 목울음 한 접시 올려놓았습니다.

장독대

입 안 가득
발효된 어머니의 기도가 고여 있다

닳아진 손바닥 지문도
까맣게 절여져 있다

씨간장에 아른거리는
어머니 얼굴
달빛처럼 환하다

아내

자세히 보니
당신이 꽃이었구먼

더 자세히 보니
죽을 때까지
내 곁에서
한 송이 꽃으로
나를 장엄케 해 주는
화엄華嚴이었구먼

달챙이숟가락

부뚜막에서 졸다가
가마솥 뱃가죽에 까맣게 졸아붙은
너덜너덜한 허기를 벗겨 낸다
마루 귀퉁이에 돌아누운 햇살을 베고
포실포실한 맛을 깎아 소쿠리에 담는다
호박범벅을 멍석에 깔아 주고
지칠 줄 모르게 집 안을 헤집고 다닌다

숟가락이면서 밥상에 얼씬도 못 하는 것이
요리를 한다
제 몸 스스로 알아 반찬을 만들고 손맛을 내고
손가락 끝부터 날렵해진다

살아 낸 지문이 닳아지고 으스러져도
반달 같은 살뜰한 흔적을 남기고
왼손잡이의 편애가 파먹은 자국에는
눈총이 한창이다.
플라스틱 통에 꽂혀 고소한 전기밥솥의
누룽지 향을 긁고 있는

>
퇴행성 관절에 녹이 슨
어머니의 휘어진 손가락

향기

자식들아
너희들은 사랑하려고 태어났제
모든 순간을 마르지 않게 바라보래
살아생전에 세상의 뒷모습들을
뜨거운 심장을 맞대고
꼭 껴안아 보그래이
자주자주 그래라

저 아카시아 향기
돌아서면 사라진다
사랑할 시간 그리 많지 않다
늙으면 후회한다마

팥죽 한 사발

둥지 속에 새알 까 놓고
엄마는 돌아오지 않고
저 새알 품어 키웠던 큰이모
늘 보고 싶은 어머니의 모습

달 속에 얼굴 내미는
애기동지

개망초꽃

지뢰밭에서 울음소리가 들린다
매복한 지뢰가 소이산을 꼭 껴안고 운다
개망초의 말투로
이념의 뇌관을 터뜨리지 말라고
같은 형제들끼리 싸우지 말라고
한탄강을 휘돌아 흐르는 계곡 물소리처럼
어깨를 들썩이며 운다

이념의 총부리에 큰아들을 잃고
가슴을 후려치며 울부짖던
어머니의 음성이 들려온다

깜깜한 어둠 속에서
밤낮없이 울먹이는
지뢰의 어깨를 토닥이면서
자유를 갈망하다 병든 열망처럼
지상으로 피워 올리는 망초꽃

6월이 오면, 이념을 떨치고 주체 없이도
흐드러지게 잘도 핀다

벌초

젖무덤 같은 엄마 곁에 아버지도 계신다
저승에서도 엄마 무릎 베고 잠들었나 보다
지난여름 칠석날
은하 강가에서 골풀 같은 별을 잘라
돗바늘에 꿰어 짠 별 방석을
엄마 무릎에 깔아 주고
단정히 계절의 옷을 갈아입힌다

맷돌

윗돌이 아랫돌을 어루만지며
휘감고 돈다

허기를 갈아 주던 세월 잊지 못해
가래 끓는 숨을 참지 못해
입을 벌리고
말과 침묵을 새겨듣고
서로 부대끼면서
애환과 갈등의 삶도 갈아 낸다

콩비지 냄새
굳은살 속 깊이 밴 채
동그란 사랑
덜컹거리며 슬근대며
구수한 사람 냄새가 나는
아버지 어머니
양지바른 툇마루에 앉아
울퉁불퉁 튼 살을 맞대고
도란도란 백수의 꽃을 피운다

민들레

집 떠나는 자식들 향해
손 흔들어 주는
허리 굽은 어머니

대문 앞 풀섶에 서 있다

정신병동의 하루

병실 밖 하늘은 맑은데 먹구름 낀 우울이
영매처럼 떠다닌다
뇌가 빠져나간 변종된 사람들이 섬에 갇혀 있다
텃새처럼 모여 서로가 서로를 글썽하게 바라본다
붕괴된 발음이 텅 빈 기억력처럼 어눌하게 히죽거리고

약을 밥 먹듯 몽유병에 걸린 진통제로
아침 식사를 마치고 나면
병동은 한동안 무표정한 적막에 싸이고
연체동물같이 흐느적거리는 뇌를 재정리하는 시간
우굴쭈굴한 부재不在의 기억으로
실종된 뇌를 다시 설계한다
큰 동그라미 안에 작은 동그라미를 그린다
그 안에 더 작은 동그라미, 마지막엔 점 하나
그것은 호박琥珀에 갇힌 한 마리 벌
꽃이 피어 밖은 환한데 날개를 펴지 못한다

다시 모차르트를 데리고 비틀거리는 산책을 나간다
뇌의 산책은 그림자가 없는 의자에 앉는다
세뇌당한 호두알 세 개를 손바닥으로 굴린다

차가운 뇌가 점점 따뜻해진다
반들반들 생기가 돈다
태연한 태도로 어루만져 주기만 해도
이들의 자폐증과 말더듬기가 처음처럼 웃겠지

침상 위에 아내의 가슴에 피어 있던 윤슬 같은 눈꽃 편지
햇살처럼 웃고
간호실 벽에 집으로 돌아갈 날짜가
겨울 마지막 달력을 기약 없이 넘기고 있다

뇌의 하루는 나를 의식하지 못한다

보슬비

나약한 몸이지만
포근하고 끈질기다
요란하지 않게
살그머니 다가선다
깊숙이 파고들어
마침내
완전히 적셔 놓는

어머니의 기도

모성母性

강물이 저렇게 넓고 깊은 것은
거슬러 올라가면
마르지 않는 샘물이 있기 때문이다

엄마의 마음이
바다같이 넓고 깊은 것은
엄마 배 속에
마르지 않는 빈 마음이 펑펑 솟고 있기 때문이다

목화솜 이불

아가 마중한다고
솜틀집으로 성형수술 받으러 간다
36년, 장롱 깊숙이 깊은 잠에 빠져 있던
두툼한 목화솜 이불

쭈굴쭈굴한 얼굴
보톡스처럼 피어난다
백만 송이 목화꽃

삼바우산 비탈진 밭에 피어 있던 목화송이
노루며 산꿩, 약초와 산딸기, 부엉이와 함께
이슬 먹고 살았지

푸른 달빛 아래
인두를 달구어
홑청을 깁던 어머니
도깨비방망이 들고 귀신놀이 하던
누나 발가락
목화꽃을 비집고 깔깔거린다

>
새로 태어날 손자에게 들려줄
서리서리 간직한 백만 송이 이야기
보푸라기 일듯
솜틀에서 하얗게 웃는다

가뭄

뻑뻑한 안구를 억지로 비틀어
망막에 맺힌 흐릿한 꽃망울을 곁눈질한다

자궁이 벌어지듯 바깥을 향한 꽃눈은
출산을 멈춘 채 백일홍 나뭇가지에 매달려 있다

꽃가지에 만장을 매달고 간 갯바람만
나뭇잎 속에서 윙윙거리고
터널처럼 펑 뚫린 물관은
부력을 잃은 물소리가 끊긴 지 오래다

빗방울이 살다가 간 축축한 흔적
바스러지는 갈대처럼 쪼그라들고 있다

나는 여름 내내
백일홍의 심장 박동 소리 쪽으로 기울었다
갈라진 흙의 틈새로 뻗어 나온
가늘고 긴 야릇한 실핏줄을 향해
한 컵의 갈증을 엎질렀지만

>
어머니 손등 같은 까칠까칠한 나뭇잎에
하얀 바람꽃처럼 마른버짐 피어난다

다듬이질

아버지의 두루마기를 자진모리장단으로
두드린다
세지도 않게
약하지도 않게
빗맞아
찢어지지 않도록
흠집 나지 않도록

쭈글쭈글한 피부를
반듯하게 펴지도록
딱딱하게 굳은살
부드럽게 마사지한다

어머니는
묵은 추억들을
곱게 펼쳐
아버지의 어깨를 빨랫줄에 넌다

늦은 햇살이
축 늘어진 아버지를 주무르고 있다

어탕국수

산 너머 물 건너 김 서방 이 서방
윗골 아랫골 박 씨 최 씨
목동 어탕국수집에 다 모였다

천렵이라는 추억으로
고향을 그리는 사람들과
모래무지처럼 속을 훤히 드러내 놓고
도시의 문맹이 된 어둠을 땀방울에 씻으며
서리서리 간직한
고향의 이야기를 그물코에 꿴다

어탕국수 한 그릇에 동심으로 돌아간
고향의 언어들이 국수 가락처럼 늘어나고
그리운 생각들이 가슴 저미게 하는 생각들이
가락국수처럼 후루룩후루룩
목구멍으로 넘어간다

세한도처럼 하얀 세월이 흘러도
고향은 하얀 밀가루 속에 숨어 있다

가위바위보

아카시아 잎줄기를 땄습니다
아내와 가위, 바위, 보
잎을 손가락으로 퉁겨 따는 내기 시합을 한 것입니다
한 달 동안 집안일을 하기로

아내가 이겼습니다
좋아라 웃습니다
아카시아꽃처럼 향기처럼
그날 이후 아카시아꽃이 피기 시작했습니다
주방에, 화장실에 거실 곳곳
아카시아 향이 가득합니다

내가 출근할 때면
그 꽃 향이 현관까지 따라와
얼굴이며 가슴에 착 달라붙습니다
회사까지 그윽합니다

월출산

월출산이 골안개를 피워
도갑사를 포근히 품는다

대웅전 문을 부수고
일어난 달 부처님

구정봉에 걸터앉아
탑돌이 하는 어머니의
기도를 품는다

제4부 푸른 달빛을 하얗게 얼리고

고드름

밤나무 가지에 올라 바람피울
봄을 기다리다가
끝내 욕정을 참지 못하고
처마 끝 뜨겁게 달구는
물의 용두질

곤두선 아랫도리가 아릿했는지
탕자의 참회의 눈물처럼
뚝뚝 떨어지는 낙숫물 소리
활시위처럼 팽팽히 당겨진 푸른 달빛을
하얗게 얼리고 있다

대들보

상량하는 날
늙은 도목수가 하늘을 떠받치는
들보를 고르고 있을 때
성주신은 간택될 삶과 죽음 사이에서
벌벌 떨고 있다

나무는 인간과 하늘을 연결하기 위해
천둥 번개와 맞서고 칼바람을 베어 냈다
벌레가 달려들지 못하게 단단해지고
사나운 짐승들 얼씬도 못 하게 했다
옹이가 생길까 몽니도 부리지 않았다

하나의 꿈을 짓기 위해
서서 천 년
하나의 신이 되기 위해
누워서 천 년
우주를 수평과 수직으로 지탱할 것이다

대들보가 부러지면 집안이 망한다고
난산인 산모를 죽을힘으로 끌어당긴다

\>

대들보가 없는 아파트

신랑 바짓가랑이가 비명을 지른다

비무장지대

철원 소이산 둘레길
지뢰밭에서 산수국이 폭발한다
꽃잎 여기저기에 파편 자국이 만발이다
지뢰 위에 뿌리 내린 꽃들
향기 대신 화약 냄새를 품고 있다

어린 초병이 밟은 목함지뢰가 터지듯
꽃망울 터지는 소리에 놀란 달팽이
발밑의 뇌관이 터질세라
촉수를 뻗어 더듬더듬 지뢰를 탐지하며
철조망 밑으로 숨죽이고 느릿느릿 도망쳐 나온다
피난 보따리 지듯 집 한 채 통째로 지고

가시철망에 가슴 찢긴 달팽이들
지뢰밭 꽃길 따라 맨발로 걷고 있다

석류

꽃이 열매요
열매가 씨앗이라는 것을
사유하라고
가르치다
입이 찢어지고
피까지 토한 언어

물방울

퐁당!
비가 내린다
잔잔한 안압지 수면으로
하늘의 물이
땅의 물에 떨어지면서 만들어진다

절정의 오르가슴의 순간이다
암컷 사마귀에 자지러지는 수컷 사마귀 같은

포옹하면서
마주 보고
물어뜯기면서도
희열을 맛보면서
이별을 나누면서도

죽어
한 몸이 되는 참담한 사랑의 흔적
고독한 여왕의 머리 위에 씌워진
요정의 왕관

마늘

그녀의 겉옷을 벗기고
보일 듯 말 듯한 반투명 속옷까지 벗기면
탱글탱글한 뽀얀 속살이 드러난다

성급한 마음에
함부로 손을 대었다간
손톱 밑이 알싸하게 화끈거린다

성질난다고
으깨어 곤죽을 만들면
매운 독기로 눈을 뜰 수 없게 된다

김치와 함께 푹 삭히든지
된장국에 넣어 팔팔 끓여 숨을 죽이든지
제 성질 죽어서야
존재를 드러내는
정력의 여신

대나무

육십 년 꽃을 피워 본 적 없다
그런 불임이
하얗게 어느 밤
장독대 뒤편에서
눈꽃 뒤집어쓰고 수런거린다

처마 끝 고드름을 핥고 온
얼음빛 쩡쩡한 바람
달빛도 모르게 다가온다
꽃물 든 가슴 파고들어
막무가내로 주무른다

서러움 그렁그렁
눈물 왈칵
눈꽃 떨군다

창문에 어른거리는
사각사각
외손주 잠드는 소리

포항제철

포항 앞바다에
솟구친
태양을 두들겨
청동거울을 만드는
대장간

빨간 우체통

하룻밤 자고 가는 편지들의 여인숙
시치미 뚝 떼고 몰래카메라를 들고 남의 편지 훔쳐봤으니
양심이 후끈 달아올랐겠다

한 장 한 장의 메시지
사랑, 그리움, 추억, 고향에 대한 사연들
즐겁게, 비통하게, 아프게
몽땅 들춰 봤으니
아, 하며 입을 벌리고 붉은 표정 지을 수밖에 없겠구나

이제는
카카오톡, 이메일에 밀려난 몸
덩달아 우편함도 용도 폐기되어
전원주택의 오브제로
곤줄박이의 보금자리가 되었으니

풍란

젖빛 꽃이 피었다
베란다 문을 밀치고 들어온 바람
무슨 짓을 하고 노는지
베란다가 몹시 소란스럽다
마음 놓고 제집같이 놀다가
도둑고양이처럼 빠져나간 자리에
경련을 일으킨 코피 같은 무늬가 선명하다
바람은 제 갈 데로 가고
꽃대 꺾이고
바람둥이 살 내음 같은 난향만 스러지고 있다
북받치는 울음을 참는 건지

은행나무

공원 은행나무 아래
은행잎 수북이 쌓여 있다
은행알이 공깃돌처럼 뛰어논다
보도블록에 깔린 은행잎
제 새끼 집 내보낼 때 다치지 말라고
어미 살점 수제비 뜨듯 하나하나 뜯어
스펀지 이불처럼 깔아 놓았다
미화원 아저씨
아침마다 인도의 은행잎 말끔히 치운다
시멘트 바닥에 부딪힌 상처 입은 은행들
송진 같은 진물이 흐른다
시체 썩는 고약한 냄새
행인들은 코를 막고 주춤주춤 조문을 재촉한다

용광로

소리를 잉태했다
자궁
붉은 양수가 부드럽다
곧 태어날
시뻘건 울음덩어리가 끓고 있다
혈전을 걸러 내야 맑은 소리가 난다고
에밀레의 기도를 먹인다
깨침을 기억한 듯
심장박동 소리가 맑아진다
노을빛 너머
수천 킬로 날아갈 종소리
날갯짓이 배를 힘차게 걷어찬다

한 달 후면
멀리 크게 울려 퍼질 손자의 목소리
할머니의 기도를 먹고 자란다

먹감나무 옹이

단 한 번의 돌팔매로
꽃을 피우지 못하고
눈물로 검게 멍이 들었다

자존심 강하게
침묵하던 흉터
단단한 눈물을 흘린다

가구마을 다탁 위에서
꽃보다
아름답게 피겠다고
걸림돌로
디딤돌 놓겠다고

외눈박이 옹이
단단한 옹고집을 부린다

나팔꽃

에, ~ 나, 나요, 이장입니다
자기 입보다 더 큰 확성기 스피커로
아침마다 외쳐 대며 늦잠을 깨우는
동검리 이장
팔수 아빠인 그는
새마을 지도자로
아프리카 우간다 정부로부터
초청장을 받았단다 해서
우간다 말을 배운다고
어촌계 회의만 소집해 놓는다

반나절도 안 되어 나팔을 접는

새우젓

김포 대명항 새우젓 가게 앞
갯고랑 고랑젓 냄새
잠자던 코끝이 경련을 일으킨다

허리를 웅크려 토굴 속으로 들어가
100일 동안 면벽 정진한 새우들
펄펄 뛰는 성질 모두 죽이고
탱글탱글한 우윳빛 피부를 가진
새우젓으로 태어나
뽀얗게 깔깔 웃고 있다

잠자리

잠자리가 대나무 가지 끝에서 자고 있다
살랑살랑 흔들리는 대바람 소리 들으면서
날개 한 번 뒤척이지 않고
고개 한 번 돌리지 않고
죽은 듯이 자고 있다

잠자리가 떠날 때까지 기다린다
얼마나 편한 잠을 자는 곳이기에
나도 그곳에서 자고 싶다

학소나무

일본 다까마쓰시 리쓰린공원에 학이 되어 가는 소나무가
비상할 자세로 날개를 펴고 있다
십장생처럼 천 년의 수명이 부러웠을까
난초처럼 고고한 명성을 얻고 싶었을까
창공을 제비처럼 날고 싶었을까
푸른 꿈과 기백과 절개가
화석 속에 갇혀 있는 호박처럼 굳어 가고 있다

석고처럼 딱딱한 팔다리
손짓 발짓으로 말하고 싶은 절망마저
꽁꽁 묶인 채 봉인되어 버렸으니
동아줄에 칭칭 감긴 고독조차 스스로 해결하지 못하고
시키는 대로 삼켜야만 했던
소나무의 울음소리가 학의 음성으로 들린다
쌍둥이처럼 닮은꼴로 살아가라는 것, 거부하는 몸짓
꽈배기처럼 주리가 틀린 채 꿈틀거린다

물처럼 모습 없이 태어난 그대로
자기의 본성을 지켜 자유를 누리면서
마음껏 뻗어 가고 싶은 욕망

돼지 멱 따는 소리처럼 처절한 비명이
귓전에 차지게 달라붙는다

소나무 안에 갇혀 있는 학
기다란 목만 빼고 하루 종일 지나가는 관광객만
무표정하게 바라보고 있다
자유를 앗아 간 점령군 같은 사람이 싫다는 듯
내 눈과 마주친다
뜨겁게 살 수 있도록
한 줄기 다독이는 힘을 보탤 수 없다
큰 바윗덩어리가 온몸을 짓누르듯 조여진다
숨이 가파르게 차오른다

달맞이꽃

저녁상 차려 놓고
아이 다독여 재워 놓고
노을 지는 뒷대포구로
돌아오는 고깃배를 기다리다
저녁달을 쳐다보는
두툼한 그리움

키 크고 속눈썹 긴
노랑머리를 튼
길상이네 며느리

임신

수줍은 듯 당당히
백목련 꽃봉오리

다가올 찬란한
출산이 있다는
무언의 몸짓

수녀님보다 거룩하다

해 설

모성성과 만유불성의 생명적 메타포

문광영(문학평론가, 경인교대 명예교수)

　정혜돈 시인은 1948년 김천에서 출생했다. 그는 젊은
시절 수학 교사로 있다가 전직, 회사원을 지냈고, 이후
독립하여 중견 기업의 회장까지 오른 입지전적인 인물이
다. 그리고 뒤늦게 필봉을 잡아, 칠순을 넘긴 나이에 등
단(『월간문학』 2020, 9월호)을 했으니, 완전 늦깎이 시인이 된
셈이다.
　필자와는 10여 년 전에 만났다. 그때 정 시인은 몸이 너
무 쇠약해 있었다. 야윈 몸매에 핼쑥한 얼굴, 목소리조차
가늠할 수 없었다. 그의 말대로 공황장애와 10년 동안이나
싸우고 있었던 것. 그는 시 원고 한 묶음을 주면서 좀 봐
달라고 했다. 대략 100여 편이 넘었던 걸로 기억되는데,
허무적인 내용에 관념 일변도의 시들이었다. 묘사와 서사

의 기초 문장부터 새로 터득해야 했다. 그렇게 문하생으로 들어와 10여 년 가까이 내 강의를 들었다. 매우 진지하고 열심히 따라 주었다. 다양한 습작을 통하여 사물을 보는 법, 시적 사유, 그리고 상상과 비유 등 매주 만나 난공불락의 시성詩城을 공략해 나갔다. 그 와중에 2016년 인천시민문예 시 부문 대상(2016)을 받았고, 2020년 등단 후, 정진하여 오늘의 첫 시집을 출간하게 된 것이다.

정 시인은 시를 공부하면서 몰라보게 건강을 회복해 갔다. 그가 말한 대로, "시는 매일 새로운 도전이었다. 어느덧 시를 통해 새로운 세계가 열렸고, 내 것이 아닌 세상의 것임을 알게 되었다. 나아가 그 세상의 것들을 사랑하면서 내가 완성되어 가고 있다는 믿음이 생겼다. 시의 힘이었다"(「당선 소감」)라고 한 것처럼 몸도 시도 좋아지기 시작했다. 시상에 젖느라 늘 세계와 교감하면서 얻어진 내면 통찰의 힘이었을까, 아니면 카타르시스적 체험의 시치료(poetry therapy) 덕분이었을까? 어쩌면 시가 주는 엘랑비탈élan vital의 충만한 약동 속에서 세계가 내 안에서 꽃피우고 있다는 자존감을 발견하고, 건강을 회복해 왔는지 모른다.

이번 정혜돈의 첫 시집은 그 맛깔이 다양하다. 모성애와 자전적 회감, 그리고 불자로서 만유불성의 상상력이 도처에 깔려 있고, 바다와 섬, 자연 사랑의 생명적 실존 의식이 넘쳐 난다. 나아가 그만의 남다른 연금술의 언어로 미학적 형상화를 이루고 있으며, 해석적 의미 부여나 객관적상관물을 통한 텐션tension의 시 맛도 충일하다. 이러한 정 시인의 자전적 과거 회감이나 대상의 교감적 상상력은 자아 정체성의 뿌리로서, 현존재의 원초성을 구체화시키고 영원한 현재를 살아가는 생의 지평이 되고 있다.

1. 모성적 고향 회감을 통한 자아 정체성 찾기

정 시인의 고향이 경북 김천이라 했다. 그의 어린 시절은 6 · 25 상흔의 여파로 혹독한 가난과 열악한 환경 속에서 거친 삶을 살아왔다. 집은 폭격으로 반쪽으로 날아가 무너진 벽체를 가마니로 막아 삭풍을 견디면서 지냈다. 아버지는 그의 나이 세 살 때, 일찍 세상을 떠난지라, 4 남매의 생계를 위해 엄마는 일터에 나가 밤늦게 일을 해야만 했다. 너무 배가 고파 울지도 못하고, 하늘에 반짝이는 별을 헤면서 엄마를 기다리다 잠이 들곤 하였다. 그러다가 꼬부랑 감자 보따리를 들고 온 엄마의 음성에 깨어나면 그저 포근한 품 안에 안겼다고 술회한다. 아버지가 있는 친구들이 무척 부러웠고, 아버지가 그리울 때면 땅바닥에 이런저런 아버지 얼굴을 상상하며 그려 보거나, 그 대신 손바닥만 한 불상을 눕혀 보거나 세워 보곤 했다. 어머니는 늘 슬픔 속에 잠기곤 하셨는데, 아버지에 대한 원망과 추위와 배고픔 때문이었을 것이라 했다. 초등 시절엔 한겨울을 나기 위해 누나와 땔나무를 직접 구하러 다녔다. 너무 배가 고플 때는 김천역에서 갓 베어 온 소나무 속껍질로 허기진 배를 채우기도 했다. 보릿고개나 곤궁한 시절엔 그저 감자가 꿀맛이었다고 했다. 어머니는 무슨 일감이든지 닥치는 대로 맡아 일을 나가셨다. 어머니의 손끝에는 피멍이 들기 일쑤였고, 굳은살이 박이도록 자식들을 위해 헌신을 다하였다고 했다(수필 「송기松肌 맛」).

그래서 그런지 정 시인의 시편들에는 어머니에 대한 그리움, 애틋한 정감이 도처에 묻어난다. 그의 모성성은 고향의 옛 풍물이나 물건, 음식 등 소재들마다 빠지지 않는다. 어쩌면 이러한 모성 이미지들은 자기 정체성을 열어가는 하나의 객관적상관물로 뿌리 의식의 코드로 자리 잡고 있다. 이 점에 있어 그의 모성적 회감의 시적 형상화가 중요한 의미를 지닌다. 과거 회감은 영원한 현재를 살아가는 자아의 새로운 지평이 되는 것이기 때문이다.

삼바우산 비탈진 밭에 피어 있던 목화송이
노루며 산꿩, 약초와 산딸기, 부엉이와 함께
이슬 먹고 살았지

푸른 달빛 아래
인두를 달구어
홑청을 깁던 어머니
도깨비방망이 들고 귀신놀이 하던
누나 발가락

목화꽃을 비집고 깔깔거린다

　　　　　　　　　　　　　　　—「목화솜 이불」부분

콩비지 냄새

굳은살 속 깊이 밴 채

동그란 사랑

덜컹거리며 슬근대며

구수한 사람 냄새가 나는

아버지 어머니

양지바른 툇마루에 앉아

울퉁불퉁 튼 살을 맞대고

도란도란 백수의 꽃을 피운다

　　　　　　　　　　　　　　　—「맷돌」부분

어탕국수 한 그릇에 동심으로 돌아간

고향의 언어들이 국수 가락처럼 늘어나고

그리운 생각들이 가슴 저미게 하는 생각들이

가락국수처럼 후루룩후루룩

목구멍으로 넘어간다

세한도처럼 하얀 세월이 흘러도

고향은 하얀 밀가루 속에 숨어 있다

　　　　　　　　　　　　　　　—「어탕국수」부분

시 「목화솜 이불」에서 정 시인은 고향 동네 '삼바우산 비탈진 밭 목화송이'와 당시 솜을 틀 때의 어머니와 누나를 회억한다. 그러면서 '어머니' 하면 가슴속에 '목화꽃의 따뜻한 솜이불이 생각난다'고 했다. "노루며 산꿩, 약초와 산딸기, 부엉이와 함께/ 이슬 먹고" 자라서 꽃 피웠다는 백만 송이 목화꽃, 거기엔 "푸른 달빛 아래/ 인두를 달구어/ 홑청을 깁던 어머니"가 있고, 또한 "도깨비방망이 들고 귀신놀이 하던/ 누나 발가락"의 추억이 서려 있다. 시 「맷돌」에서도 맷돌은 단지 사물이 아니라, 의인적으로 치환된다. 윗돌과 아랫돌이 아버지와 어머니로 비유, 치환되면서 "허기를 갈아 주던 세월", "서로 부대끼면서/ 애환과 갈등의 삶도" 갈아 낸다고 하면서 의미를 부여한다. 그래서 "콩비지 냄새"도 "굳은살 속 깊이 밴 채" 둥그런 사랑이 슬근대며 "구수한 사람 냄새가" 난다는 것이다. 그리고 시 「어탕국수」에서는 "어탕국수 한 그릇에 동심으로 돌아간/ 고향의 언어들이 국수 가락처럼 늘어"난다는 회억을 그려 내고, "그리운 생각들이 가슴 저미게 하는 생각들이/ 가락국수처럼 후루룩후루룩/ 목구멍으로 넘어간다"며 실감 나게 고향을 회감한다. 그래서 "세한도처럼 하얀 세월이 흘러도/ 고향은 하얀 밀가루 속에 숨어 있다"고 한 것처럼, 옛 음식들이 고향 회억을 드러내는 객관적 상관물로 처리되고 있다.

둥지 속에 새알 까 놓고

엄마는 돌아오지 않고
저 새알 품어 키웠던 큰이모
늘 보고 싶은 어머니의 모습

달 속에 얼굴 내미는
애기동지

　　　　　　　　　　　　—「팥죽 한 사발」 전문

쭈글쭈글한 피부를
반듯하게 펴지도록
딱딱하게 굳은살
부드럽게 마사지한다

어머니는
묵은 추억들을
곱게 펼쳐
아버지의 어깨를 빨랫줄에 넌다

늦은 햇살이
축 늘어진 아버지를 주무르고 있다

　　　　　　　　　　　　—「다듬이질」 부분

입 안 가득
발효된 어머니의 기도가 고여 있다

닳아진 손바닥 지문도
까맣게 절여져 있다

씨간장에 아른거리는
어머니 얼굴
달빛처럼 환하다

—「장독대」 전문

　시 「팥죽 한 사발」에도 시인의 어머니에 대한 애틋한 그
리움이 짙게 묻어난다. 가족을 부양하기 위해 수시로 집을
비웠던 어머니, 아마도 큰이모가 대신 가사를 많이 도와
주었던 것 같다. 그래서인지 시인은 팥죽 속에 들어 있는
새알심을 만날 때도 옛적 가정사의 애환이 읽힌다. 팥죽
은 어머니이자 큰이모이며, 그 팥죽 속 "둥지 속에 새알"
은 어린 화자 자신이다. 전경화의 시구에서 "달 속에 얼굴
내미는/ 애기동지"라는 비유적 이미지가 퍽 싱그럽다. 시
「다듬이질」에서는 아버지를 일찍 보내 드린 홀어머니의 안
타까움에 대한 깊은 연민의 정이 투사되고 있다. "아버지
의 두루마기를 자진모리장단으로/ 두드린다"라는 다듬이
질로 시작되는 이 시는 아버지와 일찍 사별한 어머니의 부

정夫婦을 의미화해서 그려지고 있다. 두루마기는 바로 지 아비의 혼령인 것. 그래서 어머니는 두루마기로 상징된 "묵은 추억들을/ 곱게 펼쳐/ 아버지의 어깨를 빨랫줄에" 널면, "늦은 햇살이/ 축 늘어진 아버지를 주무르고 있다" 라는 참신한 노에시스의 미학을 펼쳐 나간다. 시 「장독대」 에서도 정 시인의 극진한 어머니 사랑을 읽을 수 있다. 화 자가 본 장독은 그냥 사물이 아니다. "입 안 가득/ 발효된 어머니의 기도가 고여" 있고, "닳아진 손바닥 지문도/ 까 맣게 절여져 있다"는 곳이다. 그래서 씨간장엔 달빛처럼 환한 어머니의 얼굴이 있다는 것이다.

화자의 모성 그리움은 민들레꽃, 월출산에도 있으며, 가뭄 속에도 떠날 줄 모른다. '민들레꽃'에는 "집 떠나는 자식들 향해/ 손 흔들어 주는/ 허리 굽은 어머니"(「민들레」) 가 있고, 월출산이 골안개를 피워 감싸기라도 하면, "구 정봉에 걸터앉아/ 탑돌이 하는 어머니의/ 기도"(「월출산」)를 연상해 낸다. 행여 가뭄이라도 들 때면, "어머니 손등 같 은 까칠까칠한 나뭇잎에/ 하얀 바람꽃처럼 마른버짐 피어 난다"(「가뭄」)고 애틋한 시정을 노래한다.

한 인간의 생존적 작동에서 가장 위력적인 키워드는 생 대적 고향인 '어머니' 내지 '고향'을 회감하는 일이다. 바로 정 시인의 시편들에서 모성적 고향 회감의 이미지들은 자 기 정체성의 코드로 작용한다. 자아 정체성은 자기 존재 에 대한 원초적 뿌리 의식이며, 자기 존중감의 한 표현이 다. 저 넓은 바다에서 힘든 유랑 길에 올랐던 배들이 결국

항구라는 안식처를 찾아 귀소하듯이, 인간의 생에서도 원초적 고향을 찾아가기 마련이다. 그래서 세월이 흘러 어머니를 그리워하는 것, 내가 살아온 고향이나 풍물을 회감하는 것, 그리고 그 고향을 그리워하며 찾아가는 것은 바로 물고기나 짐승들의 회유 본능, 귀소본능과도 같은 것이다. 그 한복판에 정 시인의 시가 놓여 있다.

2. 바다 사랑, 그 실존적 공간의 해석적 시정

정 시인은 누구보다 바다와 섬를 사랑하는 시인이다. 시편 여기저기서 바다나 섬의 이미지, 그리고 갯벌 등 바닷가를 소재로 한 시정을 질펀하게 마주한다. 현재 정 시인이 살고 있는 곳은 강화도 동검도, 바로 삼면이 갯벌 바다로 가깝게 둘려 있다. 하루 종일 집 안에서도 들물과 썰물이 드나드는 풍경과 마주한다. 갯벌의 짭조름한 바다 냄새며 일출과 낙조를 물씬 맛볼 수 있는 곳에 살고 있으니, 이들과의 교감적 시정은 자연스럽다.

> 엄마의 마음이
> 바다같이 넓고 깊은 것은
> 엄마 배 속에
> 마르지 않는 빈 마음이 펑펑 솟고 있기 때문이다
>
> —「모성母性」 부분

수평선 너머에는 궁금한 바다의 욕망이 산다

…(중략)…

참을 수 없으면 성난 사자처럼

포효하다가

절벽을 기어오르며 쥐어뜯는다

그러다가

바람이 달려와 엄마처럼 토닥토닥거리면

바다로 되돌아

수평선 쪽으로 몸을 눕히고

흰 돛배를 띄운다

— 「파도」 부분

　　그의 시에서 바다는 섬을 낳고 키우는 어머니다. 시인
은 시 「모성母性」에서처럼 바다를 모든 것이 귀소하는 자리
이자 만물을 키워 내는 어머니 품이나 다를 바 없는 평안
한 안식처로 본다. 그래서 바다를 "엄마의 마음", "엄마의
배 속"으로 비유하고 있다. 나아가 그에게 있어 바다는 썰
물과 들물, 파도가 있는 역동적 생명 공간이다. 시 「파도」
에서 보여 주듯, "궁금한 바다의 욕망"이 한 생명체로서
꿈틀거리며 살아 숨을 쉬는, "참을 수 없으면 성난 사자처
럼/ 포효하다가/ 절벽을 기어오르며 쥐어뜯는다"와 같이
역동적 대상으로 인식한다. 그러다가도 "바람이 달려와

엄마처럼 토닥토닥거리면", "수평선 쪽으로 몸을 눕히고/
흰 돛배를 띄운다"는 정중동의 공간이며, 이상적 지평에
기대기도 한다. 때로는 바다가 고독해서 "쏴아~ 바글바
글", "자글자글 차르르르르"(「고독의 맛」) 하면서 해변을 핥
는다고 하는, 의인적이며 육감적으로 노래한다.

동검도에서는
새도 바람도 구름도 강물도
잠시 멈추어
검문을 받는다

구름 속에 숨겨 오는 모래바람도
새털 깃에 묻혀 오는 바이러스도
비린내 나는 한강 물도
갯벌 구치소에 들어가면
알래스카 빙하가 된다

—「검문」 부분

서울에서 화초 한 뿌리도
심을 땅 없다고 불만이었는데
동검도에선
수만 평 함초꽃 정원이
대문 열고 들어오네

파스텔 물감으로 화장을 한

미인 군단들

무릎 위에서 얼굴 붉히네

초막 정자만 한 동검도가

막걸리를 마시고

정원 귀퉁이에서 졸고 있네

—「함초꽃 정원」 전문

섬 바람이 불면

갈매기 똥에서는 섬 냄새가 난다

저 건너 밤섬에서 밤을 뒤적이고 있는

햇볕, 고구마섬을 바라보고 있다

배가 고픈가 보다

—「섬은 맛있다」 부분

그가 살고 있는 동검도를 예찬한 시들이다. 섬과 한데 동화된 모습의 다양한 이미지로 퍽 익살스럽고 정겨운 촉수로 형상화하고 있다. 시「검문」에서는 동검도라는 섬이 "새도 바람도 구름도 강물도/ 잠시 멈추어/ 검문을 받는다"고 하는 발칙한 상상이 재미있다. 그리고 시「함초꽃 정원」에서는 "수만 평 함초꽃 정원이/ 대문 열고" 들어온다고 하는 갯벌의 시정을, 또한 화장한 "미인 군단들"이 "무

릊 위에서 얼굴 붉히”며 “초막 정자만 한 동검도가/ 막걸리를 마시고/ 정원 귀퉁이에서 졸고 있네”라며 육감적으로 익살스럽게 노래한다. 나아가 「섬은 맛있다」에서는 섬을 바다가 낳고 키워 내는 모성애의 산물이자, 햇볕이나 갈매기들이 찾아와 맛있게 쪼아 먹는 생존의 대상으로 보기도 한다.

그의 시에서 바다나 섬은 오롯이 원초적이며, 시원적 정신의 질료로 다가서는 공간으로 이해된다. 시 「거문도 사람들」에서 보듯, 섬이란 “하늘 바람과 함께 사는/ 거문도 사람들은/ 모두가 하느님이시다”라고 경외심의 대상이며, 시 「우도牛島」에서는 “어머니들이 낳아 기른 밭두덩” 이와 같이 모성성을 지니며, 시 「섬마을」에서는 “하루 종일 갯벌의 적막만 바라”보다가 “칠게한테 마음을 들켰다”는 “적멸寂滅의 하루”를 보낸 불심적 원천의 처소로도 인식한다.

바다는 섬을 품고 있어 외롭지 않다. 섬이란 바로 우리네 삶의 실존적 의지처요, 동화된 자아이자, 피난처의 공간이다. 바다는 넓은 품으로 자아의 고독이나 그리움, 소외감의 일상 속에서 본래적 삶의 의미를 깨닫게 해 주고, 때로는 이상적 표상의 대상이며, 자아 정체성을 확인하는 공간이기도 하다. 바로 정 시인에게 있어 섬이란 이러한 동일시 대상의 상관물로 자기 정체성과 맞물려 있다.

동검도 갯벌에 노을이 내리면

게들이 일제히 일어나
혁명 전사들처럼 엄지발 세우고
불콰한 노을을 잘라 먹는다

찬란하고 거룩한 생계다

　　　　　　　　　　　　　　　—「만찬」 전문

　시 「만찬」은 한 장의 스냅사진 같다. 저녁노을 동검도
갯벌 바닥에서 움직이는 게들이 싱그럽다. "혁명 전사들
처럼 엄지발 세우고/ 불콰한 노을을 잘라 먹는다"라는 표
현이 그로테스크하고도 재미있다. 바다의 신비주의적 극
치는 새벽 바다나 찬연히 저물어 가는 낙조에 있다. 일출
과 일몰의 순간에 선 사람들이라면 누구나 숙연해지고 경
건해진다. 누구나 이 공간에서는 삶에 대한, 우주에 대한
근원적인 명상에 잠기고, 그 장엄한 색깔로 포옹하는 바
다에서 우리는 피안彼岸의 위로를 받는다. 바로 바다란 단
독자로서 자기 반영적 성찰이나 초월, 승화, 이상적 가치
실현, 존재 지평의 대상이 되는 셈이다.

　달이 개펄에 빠져 허우적거린다 뻘 속으로 들어간 달은
단단한 게딱지를 젖히고 수많은 달알을 밀어 넣는다 짱뚱
어와 말뚝망둑어를 몰고 와 펄쩍펄쩍 뛴다 팔뚝만 한 숭
어도 논다 새우도 따라와 물놀이를 하고 있다 갈대꽃이
몸을 젖버듬히 젖히자 청둥오리가 후드득 날아오른다 그

뒤를 물안개가 꼬리를 풀며 유유히 빠져나간다 빨간 칠면
조 밭에 옆구리로 누운 폐선의 그림자가 느릿느릿 기지개
를 켠다 그사이 칠게, 갈게, 농게, 방게들이 득달같이 달
려들어 달을 파먹는다 벌겋게 핏물 밴 개펄, 비린 달의 피
냄새가 질펀하다 주먹 대장 농게가 자신의 몸보다 큰 집
게 손에 피 묻은 달의 뼛조각을 높이 쳐들고 환호성을 지
른다 하늘에 비친 피범벅이 된 붉은 달, 살점이 뜯긴 핏
자국이 선명하다

―「월식」 부분

수두와 싸우다 생긴 다부진 흉터들
닮은 놈 하나 없다

거센 파도에도
꺾이지 않는
저마다 다른 고집이고 삶이다

인생의 물결이 들락날락거린다
산전수전 다 겪었단다

겨울을 기다려
피워 낸
구겨진 중년들의 꽃이다

―「석화」 부분

시「월식」은 감각적 묘사의 정수를 보여 준다. 어둑한 밤, 달빛 아래의 갯벌 바다의 풍경을 열락적이고도 아주 육감적으로 그려 내고 있다. 짭조름한 달빛 바다의 갯벌 냄새가 물씬 풍겨 나오고, 짱뚱어, 숭어, 새우, 청둥오리, 칠게, 농게들의 선연한 움직임이 생동감 있고 실감미 있게 다가온다. 곧 "달이 개펄에 빠져 허우적거린다", "물안개가 꼬리를 풀며 유유히 빠져나간다", "폐선의 그림자가 느릿느릿 기지개를 켠다", "칠게, 갈게, 농게, 방게들이 득달같이 달려들어 달을 파먹는다", "농게가 자신의 몸보다 큰 집게 손에 피 묻은 달의 뼛조각을 높이 쳐들고 환호성을 지른다", "피범벅이 된 붉은 달, 살점이 뜯긴 핏자국이 선명하다" 등 그야말로 갯벌 풍경이 환상적이고 역동적이다. 이는 무엇보다 시인 특유의 섬세한 공감각적 상상력에 더하여 상승과 하강, 응축과 확산의 역동적 이미지로 처리한 세련된 감각의 발로라 여겨진다.

이어 시「석화」는 해석적 진술로, 진흙 바닥의 돌에 의지하고 살아가는 갓굴의 생명성을 노래하고 있다. 이 시편도 자연과 한데 어울려 동화되는 시적 자아의 단면을 드러낸다. 시인은 결구에서 석화를 산전수전 다 겪어 낸 "겨울을 기다려/ 피워 낸" "중년들의 꽃"이라고 의미를 부여한다. "수두와 싸우다 생긴 다부진 흉터들", "저마다 다른 고집이고 삶"이었음을 의인화하여 지난한 생명성을 노래한다. 곧 석화의 생태가 우리들의 자화상이란 것 아닌가.

맨발로 개펄에 발을 드미는 순간

발꼬랑내 난다고 코를 싸잡는다

그래도 꼬랑내를 씻어 준다

부드럽고 매끈한 일생을 살아온 개펄

집에 와 양말을 벗는 순간

꼬랑내 난다고 아내가 코를 싸잡는다

포근하고 따뜻한 평생을 함께한 마누라

땀을 닦고 꼬랑내를 씻긴다

개울물 소리로 등목을 해 주는

개펄의 역사만큼이나 온화한 목화꽃 같은

저 갯고랑과 내 마누라

                              ―「갯고랑과 마누라」 부분

발끝으로 뻘 속 깊이를 재서 무릎을 욱여넣고

기어서 한평생 살아온 노인

등뼈가 굽어 가는 줄 모르는 슬픈 가장이건만

한결같이 진양조 설움 같은 건 찾아볼 수 없다

등짝에 내리쬐는 한여름 마른 땡볕

아리고 매운 홍어 맛처럼 후끈거려도

그늘 없이 곰삭힌다

허리를 펼 때면

정수사의 범종 소리 물고랑 따라 흐르고

문득, 말랑말랑한 갯지렁이처럼 토막을 내도 다시 돋

아나는

가슴에서 내려놓지 못한 한恨

뻘 물에 씻어 내고 소금꽃 피운 맑은 노역처럼

누릴 수 있을까

—「갯지렁이 잡는 노인」부분

시 「갯고랑과 마누라」와 「갯지렁이 잡는 노인」은 갯벌
을 배경으로 서사적 요소가 가미된 시이다. 이 두 편의 시
에서 보여 주는 갯벌의 시정은 매우 생명적이고 포용적이
다. 「갯고랑과 마누라」에서 갯벌, 갯고랑는 각각 마누라
로 은유되고 있다. 곧 "부드럽고 매끈한 일생을 살아온 개
펄"이 "포근하고 따뜻한 평생을 함께한 마누라"와 같다는
것이며, 갯고랑은 "개펄의 역사만큼이나 온화한 목화꽃"
처럼 삶을 보듬어 주는 생명력을 노래한다. 화자의 발꼬
랑내를 씻어 줄 정도의 갯벌, "온화한 목화꽃"처럼 포용
력 있는 갯고랑의 개울물이다. 그리고 「갯지렁이 잡는 노
인」에서는 가세가 기운 집안에서 어쩔 수 없이 개펄에서
갯지렁이를 잡으며 생업을 이어 가야만 하는 노인의 가련
한 일상을 그려 내고 있다. "발끝으로 뻘 속 깊이를 재서
무릎을 욱여넣고", "등뼈가 굽어 가는 줄 모르는" 노인 가

장에 대한 묘사가 애절하게 다가온다. 특히 "갯지렁이처럼 토막을 내도 다시 돋아나는/ 가슴에서 내려놓지 못한 한恨"이라는 농밀한 표현에서 우리네 서민들의 아련한 자화상이 읽힌다.

이렇듯 바다, 섬, 그리고 갯벌 이미지의 시편들에서 정시인 특유의 실존적 자연관과 다채로운 생명적 해석의 시정을 맛보게 한다. 자연의 거룩한 섭리와 경외심, 바다가 지닌 모성성의 탄생과 정화, 갯벌이 주는 풍요로운 생명력, 물아일체의 열락적 상상력의 시 미학을 읽게 한다.

3. 만유불성의 대상 인식과 윤회적 상상력

시를 포함한 모든 예술과 철학은 기본적으로 낯설고 혁명적인 것들을 추구한다. 이들은 과거와 현실을 뒤집고, 늘 딴 세상을 도모한다. 곧 예술이나 종교, 철학하는 사람들은 이 세상에 그대로 있고자 하는 것이 아니라, 저 세상으로 가려고 한다. 곧 시가 새로움, 철학은 경이(Thaumazein)를, 종교가 깨달음으로 파라밀다波羅蜜多(저쪽으로 건너가기)와 같은 의미라고 볼 때, 매우 혁명적일 수밖에 없다. 그래서 시인이란 주체는 늘 자유와 초월의 상태에 있다. 사르트르의 말처럼, 내가 말하는 주체로서 실존적으로 존재하며, 시인은 모든 행위를 상상의 언어로 형상화하여 미적 체험을 갖게 해 준다.

정 시인의 시편들에는 만유불성을 통한 윤회, 곧 환생의 불교적 상상력이 짙게 깔려 있다. 그래서 많은 시편들이 만유불성萬有佛性의 대상으로, 때로는 무상無常과 해탈解脫 등의 관법으로, 혹은 윤회輪廻와 공空의 세계로 초월적인 시상을 보여 준다.

길을 나서는 수행자

등창이 나도록 자전거 바퀴에 치이고

소발에 짓밟혀 찢기고 무릎뼈가 드러나도록 깨져 가면서

죽는 것이 사는 모진 길

목이 말라 시들면 풍찬노숙風餐露宿

제 상처 핥아 먹고 정신 차리고 다시 느리게 간다

자벌레처럼 낮게 엎드려 이마를 땅에 대고 온몸으로

오체투지 삼보일배를 하면서

발아래 구름을 밟고 하늘 냄새를 맡는다

라싸의 조캉사원을 찾아가는 차마고도의 순례자처럼

벌써 하늘까지 닿았으련만

해탈의 기쁨 환청처럼 터득했는지

천 년의 세월도 하루같이 깊고 맑은 눈빛

간절한 마음

눈뜨라는 죽비 소리에

꽃눈 터트리며 간다

—「질경이」 부분

시 「질경이」는 하나의 보잘것없는 들풀에 불심적 상상력의 옷을 입혀 해석적 의미 부여의 참신한 시행을 보여 준다. 길가에서 풍찬노숙하는 질경이를 하나의 수행자, 순례자로서 본 시안의 촉수는 매우 날카롭고 신선하다. 길가에서 "등창이 나도록 자전거 바퀴에 치이고/ 소발에 짓밟혀 찢기고 무릎뼈가 드러나도록 깨져 가면서" 험한 일생을 살아가는 질경이, 화자는 "죽는 것이 사는 모진 길"이라고 역설적 함의를 부여한다. 이어 질경이를 자벌레로 치환하여 "낮게 엎드려 이마를 땅에 대고 온몸으로/ 오체투지 삼보일배를" 하는 수평 운동의 이미지에, "발아래 구름을 밟고 하늘 냄새를 맡는다"는 수직적 상승 이미지로 역동적 상상력을 펼쳐 나간다. 더불어 "라싸의 조캉사원을 찾아가는 차마고도의 순례자처럼"이란 비유에서는 원거리 공간적 텐션의 미학도 녹아 있다. 특히 시인의 발칙하고 싱그러운 상상력은 결구 부분의 이미지에 있다. 곧 "하늘까지", "해탈의 기쁨 환청처럼 터득"한 "눈뜨라는 죽비 소리"에 "꽃눈"을 터뜨린다는 비약적 이미지다. 하이데거(M. Heidegger)가 현존재의 실존적 의미를 시를 통해서 찾으려 했듯이, 시인은 질경이의 속성을 통해서 만유불성의 지고한 해탈의 불심적 상상력을 드러낸다.

　　돌 속에 부처가 산다
　　부처가 걸어 나오도록
　　돌문을 두드려 여는

열쇠공

　　　　　　　　　　　　　　　　　　　　　　—「석수장이」 전문

성불成佛하기 전에는

날지 않겠다고

마른 나뭇가지에 앉아

그저

서역만리 쪽만 바라보고 있다

　　　　　　　　　　　　　　　　　　　　　　—「솟대」 전문

목이 잘려

지옥의 고통을 참아 왔다

뜨거운 불판 위에서

그런데, 펄펄 끓는 물속에서 꽃을 피우고도

향기를 잃지 않는다

염화미소拈花微笑를 지은 까닭을

묻지 않아도

뜨거운 입술과 은밀히 내통하더니

온몸으로 응답한다

　　　　　　　　　　　　　　　　　　　　　—「연꽃차」 전문

　인간의 생이란 세계를 해석하고, 의미를 부여하는 행위

이다. 이것의 준동이 활발해질 때 그 생은 풍요롭고, 참신한 삶을 영위할 수 있다. 이를 극명하게 보여 주는 예술이 바로 시작 행위가 아닌가. 그 시 정신의 힘은 발칙한 상상력의 언어 행위에서 기인한다. 시 「석수장이」는 화자의 불심을 그대로 보여 준다. 돌을 쪼아 내는 석수장이나 조각가는 어떤 형상을 상상하면서 자기만의 마음을 실어 조형적으로 형상화해 낸다. "돌 속에 부처가 산다"고 생각하기에 심혈을 기울여 돌조각을 쪼아 내어 불상이나 미륵보살 등을 탄생시킨다. 그래서 화자는 "부처가 걸어 나오도록/ 돌문을 두드려 여는/ 열쇠공"이라고 의미를 부여했다. 이어 시 「솟대」라는 사물시에서도 "성불成佛하기 전에는/ 날지 않겠다고/ 마른 나뭇가지에 앉아/ 그저/ 서역만리 쪽만 바라보고 있다"는 의미 부여의 불심적 상상력을 엿볼 수 있다. 이러한 불심은 시 「연꽃차」에서도 그대로 드러난다. 대개 연꽃차는 일반 사람들도 즐겨 마시지만 스님들은 불경의 상징성을 지니기에 더더욱 애호한다. "목이 잘려/ 지옥의 고통"을 참아 내고, "펄펄 끓는 물속에서 꽃을 피우고도/ 향기를 잃지 않는다"는 의미 부여의 해석, 나아가 "염화미소拈花微笑"까지 지으면서 "온몸으로 응답한다"는 연꽃차의 의인화적 표현이 싱그럽게 다가온다. 그의 시편에서 연꽃 이미지는 시 「금강경」에서도 해학적으로 형상화된다. 곧 "부처님은 절대 물에 빠져 허우적거리지 않는다/ 늘 연꽃 구명 방석을 입고 있기 때문"이란 것이다.

불가에서는 연꽃을 부처님의 진리를 상징하는 꽃으로 본다. 모든 절간의 가부좌한 불상의 연꽃 좌대 방석도 그렇고, 염화미소의 유래도 그렇다. 연꽃은 더럽고 지저분한 물속에서도 꽃을 피워 내듯 무명에 둘러싸여 있어도 깨달아서 불성佛性을 드러내는 처염상정處染常淨의 성격을 지닌다. 그래서 화자는 삼세개고三世皆苦의 진흙탕 같은 사바세계에서 깨달음과 해탈이 필요하다는 깊은 불심을 전한다.

하늘이 온통 붉게 너울거린다
보문사 노스님의 다비 불꽃인가
낮과 밤의 경계를
장엄하게 넘나들고 있는
노을

이윽고 장작불이 사그라들 때
다이아몬드처럼 반짝이는 사리舍利들

—「석모도」 전문

버려야 할 선물 포장지처럼
생각은 빠져나가고
껍데기만 남은 몸뚱어리
마디마디 사지 육신이 해체되어

폐차장에 돌려줄 렌터카 같다

천 년 세월 부려 먹었으니
절로 고장 나고 녹슬어 사그라질
고철 덩어리

어느 용광로 지옥 불에 뛰어들어
범종 소리로 다시 태어나
중생을 구제하겠다고
턱을 괴고 기다리고 있다
　　　　　　　　　　　—「반가사유상」 전문

　시 「석모도」에서는 붉은 노을 바다를 "보문사 노스님"
의 다비식 불꽃 이미지로 읽어 내고 있다. 곧 노을이 낮과
밤, 차안과 피안의 경계선이며, 열반의 피안으로 건너가
는 그 경계가 바로 노을이라는 것이다. 그래서 노을의 감
각적 정감을 "장작불이 사그라들 때"의 "다이아몬드처럼
반짝이는 사리舍利들"이란 불교적 상상력으로 노래하고 있
다. 시 「반가사유상」은 화자의 생사 윤회관의 불심을 코믹
하게 드러내고 있다. '반가사유상'은 연화대에 앉은 반가
부좌의 '반가半跏'와 오른손으로 얼굴을 괸 채 명상하는 불
상이라는 '사유상思惟像'을 합친 보살상이다. 화자는 이 고
색창연하고 녹슨 고철 덩어리 불상을 놓고 생명적 전환의

불심을 노래한다. 카르마Karma라 불리는 환생의 바퀴란 '출생-죽음-환생'이 끊이지 않고 계속되어 이어지는 인생의 윤회관이다. 티베트 불교에서 환생은 매우 중요한 개념인데, 윤회론에 의하면 생명체는 지옥 · 아귀 · 축생 · 인간 · 아수라 · 천인이라는 여섯 가지로 몸을 바꿔 가며 산다고 한다. 화자는 수명을 다한 고철의 반가사유상을 놓고, "버려야 할 선물 포장지처럼/ 생각은 빠져나가고/ 껍데기만 남은 몸뚱어리"라고 말한다. 그러기에 "폐차장에 돌려줄 렌터카"와 같아서 "용광로 지옥 불에 뛰어들어/ 범종 소리로 다시 태어나" 중생을 구제하기 위해 "턱을 괴고 기다리고 있다"는 환생의 의미를 부여한다. 불가의 교리에 모든 생명은 환생한다는 말이 있다. 기독교에서의 환생은 사람이 거듭 태어난다는 것이지만, 불교의 윤회관으로 곧 환생은 온갖 만물들이 거듭 태어날 수가 있다고 보는 것. 시인의 깊은 불심에서 기인되는 윤회관의 토로다.

고인이 운동회 만국기 같은 타르초 깃발 아래
벗은 옷 슬쩍 걸쳐 놓고 검은 바위 도마에
하늘을 베고 누워 있다
시퍼런 도끼날 위에 번쩍이는 핏빛 냄새를 맡고
흰대머리독수리 떼들이 삐잇 비명을 지른다
두려운 기색 하나 없다

등뼈 하나를 들고 여럿이 물어뜯는 독수리들

감자탕 먹는 사람 같다

하늘과 만물의 영혼이 만나는 곳

죽은 나무토막 같은 팔다리 몸통은 모이로 되살아

독수리의 피와 살이 되고

쏟아져 나온 피는 땅속 이리저리 스며들어

뿌리들은 목을 축이겠지

그의 유해는 곧장 승천한다

살아생전 해탈한 몸인 듯

독수리 똥이 되어 수만 리 날아가

어느 이름 모를 들꽃으로 피어나리

—「조장」鳥葬 부분

정 시인의 이러한 윤회관은 위 「조장鳥葬」이란 시에서도
극명하게 드러난다. 이 시는 화자가 티베트 라롱마을 천장
터에서 직접 보고 쓴 기행시이다. 조장(天葬)은 죽은 사람
의 몸을 토막 내어 독수리의 먹이로 주는 티베트의 독특한
장례 풍습이다. 그들은 사람의 영혼이 독수리를 타고 하
늘로 올라가 내세에 다시 태어날 것을 믿는다. 죽음을 "살
아생전 해탈한 몸인 듯", "곧장 승천한다"라고 한 진술은
죽음이 끝이 아니라, 새로운 시작으로 보는 윤회관에 기
인한다. 그리하여 "독수리 똥이 되어 수만 리 날아가/ 어

느 이름 모를 들꽃으로 피어나리"라는 환생의 기원적 시점을 진술한다. 나아가 시의 결구에서 화자는 번민과 욕망의 껍질을 벗기고 하늘을 날고 있는 자신의 몸뚱어리를 발견한다. 하이데거는 인간은 유한적 존재로 죽음을 직시하고 있을 때만이 참다운 삶의 의미에 이를 수 있다고 설파했다. 그러고 보면 화자의 환생 이미지의 시들은 바로 하이데거의 실존적 운명과 궤를 같이 한다고도 볼 수 있다.

이 세계의 실상을 아는 것이 해탈의 시작이다. 이를 모르면 윤회를 벗어날 수 없는 업을 쌓게 된다. 이 세계의 실상은 한마디로 말하면 인연因緣이다. 그 인연이라는 말은 모든 것들은 상호 의존 관계, 관계 맺음으로 되어 있다는 말이다. 인연 속에서 그 실상, 실제의 모습을 알면, 진실을 진실로 알면 해탈할 수 있다는 것. 화자는 이를 줄기차게 설파하고 있는지도 모른다.

4. 생명적 의미 부여의 정치한 메타포 구사

세계에 존재하는 대상들은 저마다 존재 의미의 비밀을 갖고 있다. 시란 이러한 대상적 체험에서 그럴싸한 정신적 의미 내지 상상의 옷을 입히는 작업이다. 시적 의미 부여는 상상력을 무기로 하여 불가시不可視, 불가지不可知, 불가청不可聽적인 대상을 새롭게 의미를 드러내고 이를 가치화한다. 이를 랭보는 '견자(見者, La voyant)의 시학'이라

했다.

정 시인이 보여 주는 따뜻한 촉수의 남다른 의미 부여
의 해석이나 다양한 메타포의 구사는 그의 시 미학을 이루
는 근간 요소가 된다. 여기에서 그는 남다른 해석적 깊이
나 감칠맛 있는 상상의 재미를 보여 준다. 하찮고 보잘것
없는 사소한 사물 하나라도 소중하게 보고 존재 의미를 찾
아내는 그의 따뜻한 눈썰미와 시안이 그만의 개성적인 시
미학을 만들어 가고 있다.

　　　나무는 인간과 하늘을 연결하기 위해
　　　천둥 번개와 맞서고 칼바람을 베어 냈다
　　　벌레가 달려들지 못하게 단단해지고
　　　사나운 짐승들 얼씬도 못 하게 했다
　　　옹이가 생길까 몽니도 부리지 않았다

　　　하나의 꿈을 짓기 위해
　　　서서 천 년
　　　하나의 신이 되기 위해
　　　누워서 천 년
　　　우주를 수평과 수직으로 지탱할 것이다

　　　대들보가 부러지면 집안이 망한다고
　　　난산인 산모를 죽을힘으로 끌어당긴다

대들보가 없는 아파트

신랑 바짓가랑이가 비명을 지른다

—「대들보」 부분

　시「대들보」는 의미 부여의 상상으로 이루어진 시이다. 도목수가 집을 지을 때 가로재인 큰 들보를 간택하는 장면을 보고 쓴 것인데, 매우 재미있고 흥미롭다. 전반부에서 화자는 이 대들보의 나무가 "인간과 하늘을 연결하기 위해/ 천둥 번개와 맞서고 칼바람을 베어" 냈다고 말한다. 그리고 쓰임이 숭고한지라, 벌레며 사나운 짐승을 막았고, "옹이가 생길까 몽니도 부리지 않았다"고 한다. 그리하여 "꿈을 짓기 위해/ 서서 천 년/ 하나의 신이 되기 위해/ 누워서 천 년/ 우주를 수평과 수직으로 지탱할 것이다"라고 생명적 의미를 부여한다. 후반부에서는 이 대들보가 난산인 산모를 위하여 "죽을힘으로 끌어당긴다"고 하는데, 퍽 기지가 넘쳐 난다. 하지만 요즘 "대들보가 없는 아파트" 시대에서 산모는 "신랑 바짓가랑이"나 붙들고 "비명"을 지를 수밖에 없다는 것. 화자의 시니컬한 냉소에 웃음이 절로 나온다.

챙이 넓은 모자를 깊이 눌러쓰고

싱싱한 바다를 파는 남자

"바다가 왔어요. 제주 은갈치가 인사드립니다."

골목이 자지러진다

…(중략)…

관 같은 나무 상자 안에서 은갈치의

바다만 한 죽은 삶이 유통기한을 넘기고 있다

죽어서도 오직 부패와 전쟁을 한다

저 마지막 생生을 차마 떨이로 넘길 수 없다는 듯

오기에 찬 짜부러진 목소리가

씹다 뱉은 껌 같은 바겐세일을 외쳐 대지만

마냥 잦아드는 한숨만 어깨 위로 뉘엿뉘엿 해체된다

사내의 마지막 울음 조각이

녹다 남은 얼음 알갱이 속으로 파고들고

갈치의 피부엔 소금꽃이 피부병처럼 번져 가는데

목숨처럼 질긴 고래 심줄 같은 허기를 움켜쥔 채

땅거미 깔린 노량진 언덕 골목을 누빈다

끝내 바다는 사내를 해고하지 않는다

　　　　　　　—「제주 은갈치가 왔습니다」부분

　시 「제주 은갈치가 왔습니다」는 정 시인의 등단 작품,
코로나19 때문에 구조 조정으로 밀려난 회사원이 생선 장
사로 내몰린 현실 체험을 그려 낸 시이다. 어느 날, 회사
대표로 있던 정 시인이 점심을 먹으러 나갔다가 골목에서

낯익은 목소리를 들었다는 것. "바다가 왔어요. 제주 은
갈치가 인사드립니다"라고 생갈치를 파는 사원을 본 것
이다. 정 시인은 이 시를, 「당선 소감」에서 이렇게 밝히
고 있다.

> 폭염이 쏟아지는 봉고 트럭에서 그는 얼음 알갱이를 은
> 갈치 상자에 채우고 있었다. 순간, 끝까지 지켜 주지 못
> 한 죄책감과 부끄러움이 눈시울을 적셨다. 그러고는 회사
> 뒤 휘어진 골목 모퉁이에서 그의 은빛 달 같은 희망을 보
> 았다. 어느 TV에 나오는 서민 갑부처럼 바다만큼이나 큰
> 배포와 패기 넘치는 은갈치의 목소리를, 내 일터에서 쇠
> 를 자르는 톱날같이, 아무리 단단한 시련도 잘라 없애리
> 라 믿음이 갔다.

시에 나오는 회사원은 두어 달 전만 해도 기능 사원,
당시 그는 정부의 임금 정책의 절박한 사정과 겹쳐 감원
으로 내몰린 사람이었다. 여기에 "땅거미 깔린 노량진 언
덕 골목"이 나오는데, 실제 시의 무대는 부천의 골목이
라 했다.

이 시편은 폭염 속에서 생갈치를 파는 서민 가장의 애
절한 모습과 좌판의 생선 풍경이 메타포로 절묘하게 중첩
되어 생동감 있게 그려지고 있다. 곧 생선 장수의 애절한
정감을 "싱싱한 바다를 파는 남자"로, 생갈치를 "파도처
럼 뛰는 사내의 심장"이란 메타포로, "부활의 꿈이 은빛

처럼 햇빛에 빛난다" 등의 표현으로 참신하게 그려 낸다.
'바다'라는 이미지와 '갈치'라는 생선, 생선 장수의 이미지
와 동화시켜 긍정적인 삶의 지평을 설정한다. "죽어서도
오직 부패와 전쟁"을 해야 하는 폭염 속 얼음 알갱이 속의
생갈치. 어쩌면 생선 장수의 현실도 갈치와 같은 유한적
생이기도 하다. 잘 팔린다면 무슨 걱정이 있겠는가. "바
겐세일을 외쳐 대지만/ 마냥 잦아드는 한숨만 어깨 위로
뉘엿뉘엿 해체"되는 서글픔, "갈치의 피부엔 소금꽃이 피
부병처럼 번져 가는데/ 목숨처럼 질긴 고래 심줄 같은 허
기를 움켜쥔 채", 언덕 골목을 누빈다는 서글픈 시상이 너
무 애처롭다. 그래도 "끝내 바다는 사내를 해고하지 않는
다"는 강렬한 생의 이미지로, 긍정적으로 그려 낸 전경화
의 시점이 완성도 높다.

수줍은 듯 당당히
백목련 꽃봉오리

다가올 찬란한
출산이 있다는
무언의 몸짓

수녀님보다 거룩하다

—「임신」 전문

저녁상 차려 놓고

아이 다독여 재워 놓고

노을 지는 뒷대포구로

돌아오는 고깃배를 기다리다

저녁달을 쳐다보는

두툼한 그리움

키 크고 속눈썹 긴

노랑머리를 튼

길상이네 며느리

　　　　　　　　　　　　　　　　—「달맞이꽃」전문

　정 시인은 치환의 명수이다. 온갖 생명적 의미를 부여하여 소재마다 정치한 메타포를 구사한다. 좋은 시는 발칙하고 풍부한 상상력과 더불어 정치한 메타포 구사에서 오는 것. 위 두 시편 모두 짤막한 시들이다. 하지만 상상력은 발칙하고, 그 의미의 폭은 넓고 깊다. 시「임신」은 발칙한 상상력으로 '백목련 꽃봉오리'를 의인화하여 의미를 부여한다. 꽃이 핀다는 것은 인간에게 환희로 보일지 모르나, 꽃의 입장에서는 괴롭고 고통스러운 것인지 모른다. 백목련 꽃봉오리를 "찬란한/ 출산이 있다는/ 무언의 몸짓"인 '임신'으로 본 시인의 촉수가 재미있고 해학적이다. 나아가 결구의 "수녀님보다 거룩하다"고 한 전경화의 진술에서는 생명적 경외심마저 든다. 시 「달맞이꽃」에서는 달밤에만 핀다고 하는 노랑 달맞이꽃을 "두툼한 그리움"과 "길상이네 며느리"로 치환시켜 놓고 있다. 그 그리움은 "저녁상 차려 놓고/ 아이 다독여 재워 놓고", "돌아오는 고깃배를 기다리다/ 저녁달을 쳐다보는/ 두툼한 그리움"이고, 그 장본인은 "키 크고 속눈썹 긴/ 노랑머리를 튼/ 길상이네 며느리"로 싱그럽게 묘사되고 있다.

꽃이 열매요

열매가 씨앗이라는 것을

사유하라고

가르치다

입이 찢어지고

피까지 토한 언어

—「석류」 전문

소리를 잉태했다

자궁

붉은 양수가 부드럽다

곧 태어날

시뻘건 울음덩어리가 끓고 있다

혈전을 걸러 내야 맑은 소리가 난다고

에밀레의 기도를 먹인다

…(중략)…

노을빛 너머

수천 킬로 날아갈 종소리

날갯짓이 배를 힘차게 걷어찬다

한 달 후면

멀리 크게 울려 퍼질 손자의 목소리

할머니의 기도를 먹고 자란다

—「용광로」 부분

포항 앞바다에

솟구친

태양을 두들겨

청동거울을 만드는

대장간

—「포항제철」 전문

정 시인의 시적 대상에 대한 생명적 노에시스의 시상은
활발하고, 정교하며 치밀하다. 그러면서도 유머와 해학을
잊지 않는다. 시 「석류」는 알알이 붉어 터진 과육을 연상시
켜 생의 치열함을 맛보게 한다. 곧 "입이 찢어지고/ 피까
지 토한 언어"가 석류라는 것 아닌가. 여기에서 "꽃이 열
매요/ 열매가 씨앗이라는 것을/ 사유하라고/ 가르치다"라

는 행간에서는 윤회적 순환의 생명관도 엿볼 수 있다. 시 「용광로」에서는 '용광로'를 '붉은 자궁의 양수'로 보고, 배 속에서 "시뻘건 울음덩어리가 끓고 있다"고 활유적 메타포를 구사한다. 나아가 "심장박동"이 "수천 킬로 날아갈 종 소리"가 되고, 그 "날갯짓이 배를 힘차게 걷어찬다"고 시 행을 발전시켜 나간다. 그리하여 할머니의 간절한 에밀레 의 기도로 "한 달 후면/ 멀리 크게 울려 퍼질 손자의 목소 리"가 될 것이라 한다. 용광로를 붉은 자궁의 양수로 본 시 각적 상상 이미지도 발칙하지만, 임신한 아이의 "목소리" 라는 청각적 이미지화한 시행도 참신하다. 또한 시 「포항 제철」은 축소 지향적 메타포를 구사한 시로 발칙한 상상의 유머를 보여 준다. "포항제철"을 "태양을 두들겨/ 청동거 울을 만드는/ 대장간"이라니, 고로高爐를 거쳐 나온 쇳물 을 다양한 철판으로 가공한 것을 비유한 것이다.

절정의 오르가슴의 순간이다
암컷 사마귀에 자지러지는 수컷 사마귀 같은

포옹하면서
마주 보고
물어뜯기면서도
희열을 맛보면서
이별을 나누면서도

죽어

한 몸이 되는 참담한 사랑의 흔적

고독한 여왕의 머리 위에 씌워진

요정의 왕관

—「물방울」 부분

밤나무 가지에 올라 바람피울

봄을 기다리다가

끝내 욕정을 참지 못하고

처마 끝 뜨겁게 달구는

물의 용두질

곤두선 아랫도리가 아릿했는지

탕자의 참회의 눈물처럼

뚝뚝 떨어지는 낙숫물 소리

활시위처럼 팽팽히 당겨진 푸른 달빛을

하얗게 얼리고 있다

—「고드름」 전문

위 시 「물방울」과 「고드름」은 관능적 상상력의 메타포를
보여 주는데, 두 편 모두 현미경적 시안으로 그 대상에 대
한 인식은 매우 정치하고 발칙하다. S. Freud는 이러한 리
비도libido적 예술 행위를 순수의식의 창작 행위로 보고,

생명적 시를 탄생시키고 충만한 생을 인식하게 한다고 보고 있다. 시 「물방울」은 현미경적 시안으로 빗물이 땅에 닿는 순간을 포착, 성적 착상의 이미지로 형상화하고 있다. 곧 물방울의 순간 이미지를 암수 사마귀의 이미지로 대치하여 낯설게 하고, 자지러지는 "절정의 오르가슴의 순간"으로 치환한 것이다. 그리하여 물방울의 양태를 "포옹하면서/ 마주 보고/ 물어뜯기면서도/ 희열을 맛보면서/ 이별을 나누면서도" 결국은 "죽어/ 한 몸이 되는 참담한 사랑의 흔적"으로 보고 있다. 또 시 「고드름」에서는 고드름을 "물의 용두질"로 치환하여 "밤나무 가지에 올라 바람피울/ 봄을 기다리다가/ 끝내 욕정을 참지 못하고/ 처마 끝 뜨겁게 달구는"과 같이 의미를 부여하고 있다.

정 시인의 관능적 상상력은 생명적 자연과의 합일의 과정에서 성취되는 존재의 원초성을 구체화시킨다. 곧 그의 내밀하고도 육감적 언술 형식과 관능적 형상화는 관계 속에 구성되는 본연의 자아를 육화하고 실현하는 전략적 형상화라고 할 수 있다. 나아가 이렇듯 시인이란 주체가 궁금증과 호기심을 가지고 어떤 대상을 집요하게 관찰하면, 그 대상은 지금까지 봐 왔던 것과 전혀 다르게 보이며 흔들린다. 이때 이전에는 느껴 본 적이 없던 생소함이 등장하고, 그러면 깜짝 놀라게 된다. 그것을 플라톤과 아리스토텔레스는 '경이(Thaumazein)'라고 했다. 철학은 경이에서 출발하는 것, 이런 시적 사유는 철학적 의미에 해당되기도 한다.

인간의 생이란 세계를 해석하고 의미 부여하는 과정이다. 오로지 인간 존재만이 유일하게 세계 존재의 의미를 물을 수 있다. 특히 시인은 누구보다도 극명하게 대상에 대한 상상적 의미 부여의 시안을 가진 자들이다. 여기에서 메타포는 자연스럽게 스며들기 마련이다. 나아가 상상에서 벌어지는 시의 메타포는 의인화가 필연적인지도 모른다. 이를 랭보는 '견자(見者, La voyant)의 시학'이라 했는데, 여기에서 우리는 보이지 않는 세계에 대한 새로운 사유를 얻게 되는 것이다. 그래서 상상의 힘과 영안靈眼을 가진 시인은 천상과 지상을 오고 가는 존재로 우주와 소통이 가능한 것이리라. 이렇듯 정 시인은 하찮고 보잘것없는 사소한 사물 하나라도 따뜻한 시선으로 바라보며 의미 있게 다가선다. 그런 눈썰미가 그의 시의 작품성과 시 미학을 창출하는 밑바탕이 되고 있다.